뭉클

구명숙

충남 논산에서 태어나 숙명여대 국문과와 동 대학원을 졸업하고, 독일 빌레펠트Bielefeld대학 어문학부에서 문학박사학위를 받았다. 일본 소카대학 초빙교수, 일본 와세다대학 방문교수를 지냈고, 현재 숙명여자대학교 명예교수이다. 만해 '님'시인상, 시와시학 우수상을 수상했다. 시집으로『그 여자 몇 가마의 쌀 씻어 밥을 지어 왔을까』『걷다』『산다는 일은』『하늘 나무』『꽃들의 화장법』『너, 피에타』등이 있다. k9350m@hanmail.net

황금알 시인선 203
뭉클

초판발행일 | 2019년 10월 19일

지은이 | 구명숙
펴낸곳 | 도서출판 황금알
펴낸이 | 金永馥
선정위원 | 김영승 · 마종기 · 유안진 · 이수익
주간 | 김영탁
편집실장 | 조경숙
표지디자인 | 칼라박스
주소 | 03088 서울시 종로구 이화장2길 29-3, 104호(동숭동)
전화 | 02)2275-9171
팩스 | 02)2275-9172
이메일 | tibet21@hanmail.net
홈페이지 | http://goldegg21.com
출판등록 | 2003년 03월 26일(제300-2003-230호)

ⓒ2019 구명숙 & Gold Egg Publishing Company Printed in Korea
값은 뒤표지에 있습니다.
ISBN 979-11-89205-47-8-03810

뭉클

이람 구명숙 시집

황금알

시인으로 등단하고 나서 10년 동안 시인이라 말하지 못하고
부끄러움에 숨어서 시를 썼다.

옛 벗들이 낯설게 바라보는 '이람'이라는 필명을 벗고
용기를 내어 이제 다시 본래의 나, 명숙으로 돌아간다.

 모든 생명과 인간, 자유를 사랑하는 길
 그것은 바로 시를 사랑하는 마음 아니겠는가.

나의 삶에 있어 언제나
가장 순수한 열정과 성심성의를 시에게 바치고 싶다.

2019년 8월

서래마을 우거에서 이람 구명숙

차 례

1부 조선의 날개

2부 민통선 나리꽃

3부 나의 주인은 누구입니까

4부 천국은 어디에

사랑하는 딸 유경에게

1부

조선의 날개

서랍

서랍은 잠겨 있다

오늘
우리의 세상도
열지 못하는데
어찌 돌아가신 어른의 서랍을
열려 하는가

잠가둔 이 세상의 귀중한 보물들
비밀번호를 잊은 채 스스로 갇혀 있다
가슴 속에 잠겨 있는 비밀들처럼

열쇠를 찾아라

보물 말고
참사람 한 분을
꼭 만나보고 싶다

몰입 속에서

시간은 바람인가

시를 써도
그림을 그리거나
노래를 불러도

척추 한 줄만 남기고
바람 되어 날아가 버린다

대나무는 대나무로 살고
소나무는 소나무로 산다

꽃들은 왜 피고 지는가

나는 왜
진짜의 바람이 되고 싶은 걸까

삶과 유산

세상의 모든 것들은
봄, 여름, 가을, 겨울을
살다 간다

울지 마라

사랑도 태어나선
봄, 여름, 가을, 겨울을 겪으며
힘겹게 자라나선
죽는다

저 홀로

아무도 오지 않습니다
벌, 나비
다람쥐도 보이지 않습니다

가시덤불
깊은 산 속

하양 노랑 파랑
풀꽃 송이송이

보는 이 하나 없어도
저마다 단정히 꽃피어
웃고 있네요

막막한 슬픔

구름에 가로막힌 하늘
가서 만날 수도
뛰어넘을 수도 없는
먼 곳

얼음 겨울 녹아 위대한
봄 되어도
경계선은 풀리지 않네

홀연 단풍 속으로
떠나가버린 사람아
아지랑이 아른아른 삼수갑산
얼마나 더 헤쳐 나아가야
그대 만날 수 있으려나

그 이름 석 자 아직 잊지 못하는
내 슬픔아!

시 1

언어로
속을 푸는 것

자연, 인간, 그리고
그 무엇인가의
오장육부를 먹어치우는 것

시 2

우주 무한
조화의 힘을 가지는 것

언어가
진리의 몸, 핏속으로 들어가
영혼의 빛을 불러내려 애쓰는 것
그래 봤자 불가능인 것

시 3

캥거루 달려 종점에 이른다
창공을 날던 비행기 산산조각 추·락·한·다

세종도
이순신도 잠들었다
시가 되어 우리 곁에 살아 숨 쉰다

삶과 죽음도 한 편의 시

시 4

떠돌며 가득한 침묵

철망에 갇힌 짐승처럼
포효하며 가시 울타리를
뛰어넘고 싶다

시의 멍에를 풀어
바다를 출렁이게
하늘을 달려가고 싶다

웅크린 시들에게
나를 산산이 부숴
바치고 싶다

울고 웃고
숨 쉬는 무엇인가가
되게 하고 싶다

조선의 날개

여름날 저녁, 어머니
꼭 다문 입술 깊은 눈빛 모시올에 박혀 있다

빳빳한 모시 두루마기
자근자근 밟아 불다리미로 활활 펴내신다

아버지 서울 가시나 보다

불다리미로 모시옷을 다스리시던 어머니

20190301

아, 골목마다 새봄을 풀어 놓네

조선 땅 모퉁이마다에서
찔레꽃들 서로 온몸으로 껴안고
그렇게 겨울을 버티어냈지

오직 한 줌 흙을 끌어안고
온갖 목마름을 견디어냈지

기미년 삼월 일일 정오

찔레꽃 뜨거운 목숨들
방방곡곡 하얀 불꽃 되어
100년을 지켜왔네

아 자유 대한, 조국이여

굴러온 돌

1
굴러온 돌이라고
야멸차게 밀어내는
박힌 돌,
자리 지킴이들

대대손손 한 곳에 박혀
텃세만 부리는
뾰족한 돌멩이

2
산꼭대기를 굴러내려
거센 물살에 멍들어 둥글어진 몸

굴러온 돌이
모난 돌을
둥그렇게 어루만진다

흐름

밀물이 쓸고 간 갯벌

물결을 놓쳐버린 물고기 한 마리

숨을 할딱인다

이렇게 길을 잃게 되는구나

한 발 뒤처져 혼자인 물고기

봄날

초롱초롱 목련꽃 등불

겨우내 텅 비었던 초등학교 운동장

쫑알쫑알 아이들이 발갛게 피어난다

봄볕에 무럭무럭 싱그러운 아이들

범어사 등나무

온몸 열꽃 돋아
금정산 붉게 탄다

있고 없음
삶과 죽음
선과 악
위아래
그 모두 불명하다

세상 비틀려도 얼기설기 얽혀 사는
뜰 앞 등나무
마른 줄기를 보아라
올가을,
저 불이不二문을 넘어설지

열반 2018

잔주름 얼굴
꽃밭 속에서 웃고 있다
눈물은 어디에 숨겨 버렸나
하얀 이 가지런하다

삶을 넘어 죽음을 바라보며
밤마다 파도치던 바다
다시 고요하다

설악에서
무릎 닳도록 엎드려 넘어지다가
오늘은 만장 물결 위로
날아오르시는가

꽃을 받치던 자
돌을 던지던 자
모두 외로이 품어 안으시고

12월 끝날

한 해를 보내야 한다는
그 착잡한 심정으로
어스름 골목으로 나가 보았다

폐지를 줍는 할머니, 오늘도
어제 그대로 리어카에 가득 짐을 싣고
휴우~ 휴우~ 바퀴를 밀고 간다

저기 또 한 노인이
이 골목을 지나가고 있다
항아리처럼 휘어진 두 다리로
낡은 유모차를 지팡이 삼아
앞으로 밀며 걸어간다

엎드려 절하고 싶다
아무리 힘들어도
소신껏 능력 끝까지 살아가야겠다
허리 펼 날 기다리며
귀한 시간을 힘차게 끌면서

나무들은 겨우내 옷이 없다

꽃들도 사철 옷을 입지 않는다
강물도 벌거벗은 채 흘러간다

여우, 호랑이, 악어도
달랑 제 몸뿐이다
그 몸 벗겨내 옷을 지어 입고
치렁치렁 거리를 활보하는
여우같고 호랑이 같은 족속들

여우인지 호랑이인지 두려워
줄행랑치는 여린 짐승들
언제나 숨이 가쁘다

김칫독
— 소빈 시인에게

1
소빈 시인은 김치를 시로 빚는다

태평양 건너 미국땅 아들 며느리 손자 손녀에게
한국말로 푹 익힌 묵은지를 먹이고 싶다

곰삭은 멸치젓 넉넉히 청양고추 술술 뿌려
맨손으로 버무린 김치를
질항아리 김칫독에 몇 삼 년을 묻어둔다

막 버무린 햇김치를 받아
차곡차곡 익혀가는 김칫독
칼바람 품어 안고 죽은 듯이 묻혀 있다

2
소빈 시인은 시도 김치 담그듯이 그렇게 쓰는갑다
시에서 솔솔 김칫독 묵은지 맛이 난다

흑산도 홍어회 삼합으로

가난한 시인들을 대접하는 손길
그의 삶이 김칫독에서 푹 익어 어린다

2부

민통선 나리꽃

민통선 나리꽃

나리꽃 송송송 휘늘어진 산길

그대에게
그리움 한 송이 바치고 싶어
토끼처럼 꽃 숲에 뛰어들던 그

꽃향기 황홀한 순간
지뢰 덥석,
절름절름 흐느끼는 민통선 자락
하얀 나리꽃

버들개지 눈떴다

시냇물 졸졸
송사리 떼 남실남실

학교 울타리
노란 개나리

앞집 마당
하얀 목련

뒷산 진달래
핀다 핀다 핀다

꽃 2018

1
봄비 나리는 날
가던 길 멈춰 서서
너희들 왔구나! 인사한다

하양 노랑 빨강 꽃숭어리들
우산 속으로 삐죽삐죽 쳐들어온다

흠씬 젖은 얼굴들
내 바바리코트에 마구 비벼댄다

2
봄바람 살랑살랑
흐드러진 꽃잎들

나폴 나폴
내 품에 안겨든다
세 살배기 손자처럼

날 사랑하나 보다

북한 니우스

좁다란 시냇가
코스모스 꽃잎 위에
고추잠자리

촐랑대는 바람 끝
잠자리 날개
빙빙 빙 돈다

앞마을 소나무 언덕
노을빛 아련한데

북에서 날아오는
돌 바람, 쉬이
잠들지 않아

오늘 하루
우리네 삶도
울렁울렁 출렁출렁

종전선언

구순 넘은 할아버지
흑백 사진첩에서 꺼내 보는 사진
스물두 살 때

강원도 양구에서 받아본
고사리손 꼭꼭 눌러쓴
삐뚤빼뚤 위문편지

전쟁은 언제 멈추려나?
나 죽기 전엔
남 · 북녘땅에 평화의 꽃들
만발하려나

함께

나뭇잎 떨궈버린
겨울나무들
앙상한 목 쳐들고
누군가 날아오기를 기다린다

거친 밥 달게 씹어 삼키던
늠름한 시간들도
지쳐 쉬고 있는
늙은 느티나무 그늘 아래

여름 저녁상을 펴고
함께 '밥 먹읍시다' 외친다

서울 바람

보릿고개 넘어온
아버지는 없다
어머니도 없다

헛간 쇠죽 그릇이
텅 빈 그 세월

보릿고개 1

아들딸은 서울서 낳고 자라
외국유학 고개를 넘지만
보릿고개는 모른다

찬란한 도시
성공한 자식들은
부모가 넘어온 신산의 고개를
언제 넘는가

보릿고개 2

이른 봄마다 휘몰아치던
보릿고개
부모님 손잡고 숨차게 넘고 넘던

그때 부푼 꿈만큼
텅비어가는 세월

내일은
무슨 바람이
또 불려나

그 사람

얼마 만인가

결혼하지 않겠다던 그 청년
만나보니 장가도 가고
아들딸 셋이나 키웠구나

날카로운 콧등
잔잔히 허물어지고
늘어진 양 볼도 편안해 보이네

사회정의를 외치던 그 님
마음 깊이엔
'가정'이 소중하게 들어있던 그 날의 그

젊은 날, 싱그럽고 선선하던
그의 참모습을 오늘 다시 보는 듯

우리들의 조용필

1
태어나보니 가난한 농부의 아들딸
새 필통 한 개도
온 세상 선물을 다 받은 듯
고마움이 넘쳤지
운동화 한 켤레로 3년을 하루같이 걷던 학교길

우리는 만나고 헤어질 때 인사말이 재건! 이었지
자식들을 많이 두어야 한다고
낳고, 낳고 또 낳던 그 시대 태어난 우리들은
목숨만 지켜낸 조국 땅을
다시 일구고 일으켜 세워야 했다

삶은 모든 것을 견디는 것이었다
욕도 매도 추위도
그 사회 온갖 수난을 견뎌내야만 했다
서러움이 목구멍에 북받쳐도
눈물 삼키며 입술 깨물어야 했다

2
오늘, 남산에 올라 내려다보니
아~ 위대한 대한민국!
감탄사 절로 터져 나오는
이 벅찬 가슴에 그 누가 말 타고 달려오나

눈물도 기쁨도 서러움도
저 높은 하늘로 날려 보내던
그 시절 우리에겐 조용필,
조용필의 노래가 있다

목화 꽃

목화솜 틀어 두툼히 꿰맨 이불
시집올 때 지어주신 어머니 선물
차디찬 인생살이
데워주고 덮어주는 꽃 이불

목화 꽃 피던 고향 땅 향기
송이송이 함께 피어나는 동무들 얼굴
추억 속 언제나 따스한 친구여라

오리털 이불이 가볍고 보드랍다지만
내 한평생을 감싸 준 묵직한 솜이불

또 하나의 내 모국어

대한민국 부모님

명문가를 이뤄내겠다고
대한민국 땅에서 기른 눈물과 헌신
그 사랑
그 투자
외로움과 고독의 태산이 되었네

마지막 써내려간 손편지
대한민국 1%의 혜택
그 위대한 축복을 부디
나눠주어라

아이는 네가 키워라
미안하다
우리를 버리지 마라, 아들아

케이프타운 포도밭

하늘, 바람, 구름이 모여
뒤엉킨 포도 넝쿨을 달래고 어른다

광활한 포도밭 사이사이 비바람을
햇볕으로 밝히는 섭리

취하고 마시고
마시고 취하는
자연과 인간의 아름다운 조화

내 모든 생각

첫걸음마
넘어지고 또
넘어지면서 앞으로 나아가 보았다

유럽에서 광주의 시간을 넘어
어둠 속을 걸었다
앙상한 꿈길을 걷다 보니
마른 독일어가 숲이 되었지

자작나무 향기
부산 앞바다를 걸으니
갇힌 세월이 눈을 뜨고
하늘을 본다

추억 가득 싣고
너와 나는 지금

또 어디로 가고 있나?

이 가을, 랩소디 인 블루

국화꽃 향기 요란하다
어머니 발걸음 소리에 얹혀

물동이 낭창낭창
달빛도 나울너울

어린 시인은
봄부터 옹기에 꼭꼭 눌러 둔
시의 맛을 보고 싶다

눈 크게 뜨고 일어나
무연히 창밖을 바라보니

새들도 저 하늘 높이
온몸 찬바람 헤치며
시집 한 권 껴안고
훨훨 날아간다

주부합창단

아내의 목소리가 아닌
엄마의 목소리도 아닌
며느리의 목소리 또한 아닌

모진 세월 견디며
고이 지켜온
한 가닥 내 목소리

본래의 나, 타고난
음치일지라도
목청껏 노래 부른다

슬픔 연구

1
그가 말했다
누구나 슬픔 하나쯤은 감추고 산다고

슬픔은 무엇일까
어느 날 무릎을 탁! 치며
"아, 그거! 박사논문 주제로 삼으면 좋겠다"
도서관을 전전하고 인터넷을 뒤져
자료를 모아 읽고 또 읽는다

2
아직 서론에 머물러 있다
지도 교수님은
우선 이론공부가 부족하단다

본론은 모든 슬픔을 뚫고 넘어서야 진전이 될 터
슬픔의 종류, 내용, 모양까지 밝혀야 한다네
그렇다면
박사학위를 받기는 영 틀렸군!

어느 화가의 늦가을

텅 빈 공원 입구에서
화가는 자꾸
내 옆모습을 그려댄다

바람 불어와
흩어진 머리칼을 감싸며
차디찬 옷매무새를 만져준다

잡을 수 없는
보이지도 않는 그리움을 색칠한다

가슴엔 아직도 보름달
먼 산 너머 누구를 환히 비추고 있나

핑그르르
발아래 가랑잎이 맴돈다

3부

나의 주인은 누구입니까

삶

1
더 높이 날고 싶어 한다
새끼들의 먹이를 구하려
부비새는 오늘도 수백 리를 날아간다

운 좋게 멸치 떼와 마주치면
순간 절묘한 다이빙 선수가 되어
바닷속으로 내리 꽂힌다

순탄치 않은 바닷속을 헤매며 먹이를 찾는다
드디어 뱃속 가득 채운 무거운 몸을 날려
목 길게 빼고 쨱쨱거리는
새끼들에게 돌아간다

2
호숫가에 둥둥 떠다니는
오리들을
그저 바라만 보는 사람들은
헤엄쳐 유유히 호수를 건너가고 싶다

그들은 물속에서
단 1초도 쉬지 않고
발갈퀴 노를 젓고 젓는다

나의 주인은 누구입니까

당신은 누구십니까?
나는
나의 주인입니까

본래의 너는 어디 두고
네 멋대로 주인인가

너 할 일 다 하는
그때에만
네 주인이다

꿈과 웃음의 전도사
— 제덕에게

한 뼘 남짓의 하모니카 하나
그 남자의 입술에 붙어
재즈, 라틴, 소울, 팝까지 넘나들며
가슴을 두드린다

하모니카랑 울며 웃으며 살아온
앞을 못 보는
하모니카 연주자 전제덕
너는 꿈과 웃음의 전도사

하모니카가 입술에 닿는 순간
영혼을 깨우는 선율로
너는 하늘의 빛이 된다

자유

1

저녁 늦게 현관문에 들어서는 나를
우두커니 바라보고 있는 고양이
"혼자 외로웠지? 뭐하고 놀았어? 누엘!"
쓰다듬어주며 미안해하는 내 손을
야멸차게 뿌리친다

날마다 밥을 챙겨 주는
나를 귀찮아하며 달아나 버린다
제멋대로 온 집안을 제 것 인양
사뿐사뿐 누비고 다니는
저 고양이의 자유

2

밥을 준다 해서 행여
그 무엇도 바라지 마라

단호한 눈빛이
나를 꿰뚫고 지나간다

황새와 참새

길고 짧은 것
많고 적음도

다 벗어나라

텅 빈 그곳에
황새도 참새도
함께 있나니

허리

끙끙 앓는 소리
시시때때로 허리가 보챈다

팔다리 멀쩡하여
화분을 옮기거나
청소기를 돌릴 때 갑자기
쾅! 허리가 천둥번개를 치면
온몸이 얼어붙어
한 치도 움직이지 못한다

지금까지 말없이
나를 받쳐
꼿꼿이 세워 주었구나
너, 허릿힘 빠져 다 무너지도록
내 몸 안에서 견뎌 주었구나

나는
단 500g 몸무게도 줄여주지 못했는데

춘궁기

옛날, 가난하던 우리나라
흉년이 덮쳐
백성들 굶주리고 있을 때

솥~탱 솥~탱 솥~탱

가마솥이 텅 비었다고
임금님 향해 밤새워
울던 소쩍새 이야기

내 마음 다독여 주던
할머니가 그립다

무릎

내게 가장 무거운 것은 무릎이다
그에 순종하지 못하는 내 발걸음이다

그러나 더 무거운 것은 정신이다
무릎 꺾어 도달하는 내 작은 욕망의 카페

이리저리 아프게 뛰어다녀보아도
늘 신통치 않은, 싱거운
나의 일기장

콩밥

1
우르르 도시락을 연다
기다리던 점심시간
오늘도 검은 콩알들이 하얀 쌀밥을 덮었다

비둘기에게나 던져주자!
중얼거리며
젓가락으로 하나하나 집어내며
서로 나눠 먹던 같은 반 친구 녀석

2
나라 위해 콩밥 좀 먹기로

그대들 왜 그리 슬퍼하시나요?

나라님도 잡수시는 콩밥인데

3부자

1
설 명절 연휴
공원에 나가 보았다

하양 검정 토끼들이 나란히 쉬고 있다
지나가던 아이가 토끼를 쫓는다
놀란 토끼들이 겁먹고
이리저리 숨바꼭질한다

2
할아버지 허허허-
손자가 토끼 잡으려 깡충 대는 모습이 대견한지
신이 나서 토끼몰이에 합세 한다

3
팔짱 끼고 두어 걸음 뒤에서
바라보는 아들
가자! 이제 그만!

아들의 권위가 3부자를 끌고 간다

2019 미투

노랑나비
가녀린 꽃잎을 밟고 앉아
속삭이네
사랑해!
순간, 꽃과 나비는
잘 어울리는 바람결

노랑나비는 꽃들이 모두 제 것인 양
이 꽃 저 꽃 밟고 날아다니네
 꽃잎들이 파르르 떨고 있네

노랑나비 거짓 사랑이
실바람에 들켜버렸네
미투–미투–미투– 미 투

뭉클 1

사냥감을 찾고 있던 맹수 한 마리
저만치 어미를 놓쳐버린
새끼 노루를 노려본다

허둥대는 어린 노루를
단숨에 덮쳐
물어뜯는 맹수의 피 튀기는 이빨

살려 줘요! 살려 줘요!
발버둥치는
아기 노루를 보는 순간

뭉클

뭉클 2

굶어 뼈만 앙상한 아프리카 아이들을
안고 그윽이 바라보며
080-724-1004를 외친다

구원을 호소하는 유명 배우의
글썽이는 음성에
온 힘을 모아

눈을 크게 떠보려는
아이의 맑은 눈동자에

뭉클

뭉클 3

늘 목이 마른 아프리카 땅
웅덩이 반쯤 남은
썩은 물을 마셔야 하는
아이들은 배가 동산만 하다

팔다리에 종기가 촘촘하고
파리 떼 들끓어도
손들어 쫓을 힘조차 없다

목을 축여 줄
한 모금 물을 바라며
땅속을 파고 파내던 어느 날
쩍쩍 갈라진 땅속에서
하얀 물줄기가 솟구친다

빈 뱃속을 채워주고
땟국 흐르는 벌거벗은 몸뚱이를
씻겨주고도 남을
힘찬 물줄기에

뭉클

뭉클 4

시민 공원 귀퉁이 연못
마냥 한가롭던
청둥오리 떼 푸드드득
튀어 오른다

초원 저 너머 바위산도 불쑥
솟아오른다

헛디딘 발 쭈르륵
절벽에 매달린 아기 곰
놀란 바위산 심장이
두근두근두근

뭉클 5

여기
풀과 나무와 바람과 별
그리고 강물이 흐르네

우리가 죽어 흙이 되어도
피고지고 살아갈 우리 피붙이들

저기
디지털 가파른 세상에서
씩씩하게 자라야 할
아가를 본다

뭉클 6

먹을 게 없던 시절
콩 한 알도 서로 쪼개 먹었다

열 배는 더 풍족해졌지만
나눔은 스무 배 부족해진
어둑한 현실

세상 쉽고 편한 일
좇다 보면
가슴 텅 비어 갈 뿐

맘모스 아파트

네모 입을 쫙쫙 벌리고
날마다 쑥쑥 자라나
푸른 하늘을
가로막고 서 있다

아파트 키높이로
서민들 물가만 오르락내리락

70년대 학창시절

1
오뎅 국물 맛이 시원한 가게 앞을 지나갈 때면
최루가스 진동하던 그 눈물거리가 떠오른다

분식집 통만두를 좋아하던 시절
옆구리에 책을 끼고
덜컹덜컹 흔들리는 버스 안에서
간신히 몸을 버텨내던 자유!

2
사랑은 점점 흐려져 가고
등굣길부터 꼬이기 일쑤였다

닫힌 교문을 가로막고
"돌아가라! 돌아가!"
고함치던 교수님의 목멘 소리
빈 허공을 휘젓던 학문의 의미들

이제 조금은 셀 수 있을 것 같다

시간은 멀리 달아나 흔적도 없는데

4부

천국은 어디에

좋은 나라

아이를 쑥쑥 많이 낳고
과외공부가 없는

엄마 아빠가 함께 정성으로
아이들을 기르는
평화로운 나라

갓

"반가워요"

해바라기 미소로
첫인사를 나누었다

새 주인이 될
아기

갓 태어난
간난 웃음

꽃밭, 아미타불

서리풀공원 산 아래 꽉 들어찬
메타세쿼이아!
울창하던 숲이 스러지고
두 눈 퀭하던 등성이
고운 햇살로 꽃밭을 일구었네

한여름
끓는 태양을 온통 떠받치고
시원히 그늘 펼쳐주던 메타세쿼이아

그 그늘에 서리는 시간의 영욕들
뿌리 뽑혀 어느 곳으로 떠나갔는가

역사는 가고 다시 돌아오는 것

천국은 어디에

꽃들이 서로 바라보며
던지는 말

사람이 사람답게 사는 땅
그곳이 바로 천국이야

꽁 꽃

1
재래시장 골목에 떨어져
밟히는 콩알들
아장아장 아가들 넘어질까
흩어진 콩알들을 엄마 손이
재빠르게 집어 던진다

시멘트 바닥에서 죽어가는
콩알들의 숨결

2
한여름
삼계탕집 현관문 앞
장미꽃 마른 화분에
콩 꽃이 피어난다

누가 여기 물을 주고 있었을까

어둠

투우사를 잠재우고
거꾸로 솟는 태양의 피를
거대한 출세와 속된 명예를
한순간에 날려버리는
어둠

오만을 덮어버리는
억수로 많은 돈과 그 무엇도
어느 날의 비운도
다 떨쳐버릴 수 있는

이 세상사람
삶의 밝거나 어두운 그 양면

노안

욕심이 났을까
조금 더 보고 싶은

차거운 어둠 속
새로 맞춘 안경알 깨져
저녁은 모두 금이 간 채
하늘별로 떠돌고 있네

이제라도 세상을
제대로 보고 싶은가

마음을 찬찬히 따져보지도 않고
저 먼 곳을 바라보는 나의 눈
미안한 마음 가득 어리어
지난 날들이 흐려 보이네

목련은 철부지가 아니다

백조의 날개로 날고 싶은
꿈을 펼친다
웅크린 봄의 전령사들

작은 꽃들이 일제히 일어서서
남은 봄을 밀어낸다

지팡이를 끌며 봄나들이 가는 두 노인
"얼마를 살았능교?"
"어디로 가고 있능교? 지금"
주거니 받거니 묻고 있다

나이를 잊어버려 모릅네다
가는 길도 오는 길도 모릅네다

나는 오늘도 나의 길을 가고 있어요

박히정의 첫돌에 부쳐

햇빛 눈부시게 쏟아지는 7월 아름다운 날
히말라야 맑은 정기를 받아
백두를 넘어 금수강산 한국 땅 서울에서
히정이는 박운선 아빠와 니샨바예바 노디라 엄마의
첫 딸로
으앙! 힘차게 세상에 나왔네

하늘의 인연으로
대한민국과 우즈베키스탄의 딸이 된
아빠의 붕어빵,
오늘 첫 돌을 맞는 히정이는
부모의 기쁨이고 희망이며 행복이네

아장아장 걷다가 넘어져도
다시 일어서는 굳센 걸음마
무럭무럭 자라서
히말라야 상봉에 사뿐히 오르리라

하늘과 바람과 별을 노래하는 마음으로

모든 것을 사랑하며
온 누리에 평화를 꽃 피울
대한의 딸 히정아!

히정이를 보면 힘이 펑펑 솟아오른다는
아빠의 깊은 마음 하나,
어여쁜 히정이가 홍익인간 정신으로
희망을 심고 꿈을 가꾸며

건강하고 씩씩하게, 하늘만큼 행복하게
잘 살아가기를 부모는
날마다 빌고 있네

히말라야 산 높은 정기를 나누며
히정이는 여장부가 되리라

거미 집

1

저녁 뉴스를 보며 모처럼 한가한 시간
작은 거미 한 마리 사르륵 내 손등을 간질이더니
멈칫 놀라 동그르르 굴러떨어진다

책장 구석구석 거미줄이 쳐져 있어
청소기를 멈추곤 했는데
"바로 너였구나, (이놈!)"
우리 집에 세 들었구나 생각하고 말았더니

그 후 거미는 여기저기 줄기차게 집을 지어대서
식구들 눈에 띄게 되었고
나는 거미집을 모두 부수어야만 했다

2

"거미야! 이젠 방을 빼야겠어, 어디 멀리 가서 잘 살아"

이 거미 이야기를 친구에게 들려줬더니
"방 좀 빼주라는 말,
요즘 우리 아들에게 주고 싶은 말이네
호호호"

거미줄 세상 1

머리카락보다도
길고
미세한
보일 듯 말 듯 가느다란 줄

그런데도 목숨만을 노리는
질기고
검은
줄

거미줄 세상 2

거미는 촘촘히 망을 쳐
가장 가벼운 집을 지어놓고는

그곳에 머물지 않는다

공처럼 몸을 동그랗게 웅크리고
죽은 듯
문밖에서
실눈으로 세상을 꿰뚫어 보고 있다

거미줄 세상 3

성질 급한 놈
욕심 많은 놈
조심성이 없는 할배

날개 씽씽 잘난 체 한껏 날다가
쨍!
말려드는 속없는 놈
어리바리 그물에 걸리는 놈들 또한 수두룩하다

거미줄 세상 4

꾼들은 곳곳에 그물을 치고
낚을 준비를 한다네
그 무엇이든

걸려들 길목에서 호시탐탐
망을 보고 있다네

눈 뜨고 있는데 코 베가는
거미줄 세상

묵비권

1
온 가족의 사랑을 독차지하는
우리 집 고양이

날마다 먹고 자고 유유히 거닌다
장롱 속에 몸을 깊숙이 숨겨 사색에 잠길 때도 있다
심심하면 가끔
쥐 인형을 공치듯 가지고 논다

2
갑자기 공격태세로 털을 세워 몸집을 부풀린다
인형 쥐가 적으로 보였나?

먹잇감이 일순 적으로 보일 만큼
들끓어대는
2018 폭염 속 불길

고요한 자유의 눈빛
말이 없다

노점상

떴다! 떴다!
단속반 빨간 모자 사나이

발목 잡히고
입 막고 귀도 감싸인 채
물건 대신
등짝을 내어준다

바람은 옷깃이 감싸고
하늘은 손바닥이 가린다

길 위에
흐트러진 꿈을
다시
하나하나 주워담는다

로마

늙은 플라타너스 쭉쭉
길가에 버티고 서서
관광객들을 내려다본다

시청 건물 맨 꼭대기
옛 병정들 채찍을 갈기며
솟구쳐 내달릴 듯 서슬 퍼렇다

그 시대
그 엄청난 말발굽 소리
오늘도
그 영광 휩쓸며
하늘을 달릴 듯이

오고 있다

사람들 사이
제일 미운 이도
가장 사랑하는 이도 언제나 사람들

엄마보다 강아지를 더 좋아하는 아이
인형보다 게임기를 더 좋아하는 아이
밥보다 술을 더 좋아한다는
내가 아는 남자 몇몇

로버트씨가 지금
우리 집으로 달려오고 있다
히죽히죽 비웃으며
강아지, 인형, 술병까지 뱃속에 넣고
질주해오고 있다

시인 없는 시
― 故김유선 시인에게

젊은 시인의 부음을 듣고
느닷없고 어이없어
그게 말이 되냐고
이제 시를 못 써서 어쩌느냐고
울었다

장례식장 둘레엔 크고 작은 꽃다발
발 디딜 틈 없고
고요한 눈빛 다정하던 그 마음
참 좋은 삶이었다고
웃고 있었다

세상을 곱게 수놓던 그대
하늘 별들과 함께
이제 무슨 시를 쓰시려는가

해설

생명 사랑과 인간 탐구의 시적 존재론
— 이람 구명숙의 시

유 성 호(문학평론가 · 한양대학교 국문과 교수)

1. 기억의 원리와 사랑의 시학

　서정시는 존재의 불가피한 결핍에서 상상적인 충일로
나아가는 과정에서 씌어지는 경우가 많다. 삶의 비극적
인 형식을 새로운 생성적 경험으로 탈환하는 상상력을
통해 서정시는 시인 자신의 절실한 기억은 물론 대상을
향한 하염없는 사랑과 그리움의 마음을 담아가게 마련
이다. 그 점에서 여전히 서정시는 일인칭 고백 장르로서
의 위엄을 양도하지 않는다. 시를 읽는 독자들도 시인들
의 각별한 상상력을 따라가면서 자신의 삶을 반성적으
로 사유하기도 하고 새로운 세계에 대한 간절한 꿈을 간
접화하기도 한다. 이람 구명숙具明淑의 시는, 시인 스스로
의 다짐처럼, "모든 생명과 인간, 자유를 사랑하는 길/

그것이 바로 시를 사랑하는 마음 아니겠는가."(「시인의 말」)라는 말 속에 그 지향이 넉넉하게 함축되어 있다. 그리고 그의 이번 시집은 이러한 생명과 인간과 자유에 대한 믿음과 그것들의 확장적 안착을 명료하고도 풍요롭게 구축해낸 미학적 성과라고 할 수 있을 것이다.

구명숙의 일곱 번째 시집 『뭉클』(황금알, 2019)은 서정시가 시인 스스로를 성찰하는 속성이 강한 예술 장르임을 어김없이 증언하면서, 그가 써가는 시의 근원적 창작 동기 역시 일정하게 자기 확인에 있음을 알려준다. 비록 자기 확인에 따르는 필연적인 설렘과 두려움과 부끄러움이 없을 수 없겠지만, 시인은 이번 시집을 통해 더욱 절실하고 촘촘한 마음을 개성적 언어로 담아내고 있다. 하지만 구명숙의 시가 자기도취의 나르시스적 몽환에 그쳐버렸다면, 우리는 그의 시를 통해 한 사람의 삶을 구체적으로 바라볼 수는 있었겠지만 완결된 미학으로서의 서정시를 경험하기는 어려웠을 것이다. 그러나 다행스럽게도, 구명숙의 시는 스스로의 경험으로부터 생성되면서도 숱한 타자와 소통하려는 열망을 내포함으로써 우리로 하여금 사물과 내면이 시인의 경험적 구체를 통해 소통하는 가능성을 발견하게끔 하고 있다. 오랜 기억의 원리와 강렬한 사랑의 시학으로 구성되어 있는 이번 시집 안으로 한번 들어가 보도록 하자.

2. 인간을 향한 그리움의 시적 존재론

구명숙의 시를 가로지르는 핵심 에너지는 생명과 인간을 향한 시적 존재론에 있다. 이러한 사유와 감각은 삶의 외피를 뚫고 그 이면 혹은 저류底流를 천착하는 시선을 그에게 허락한다. 시인은 그 시선으로 일상에서 어렵지 않게 마주치는 대상의 본질을 섬세하게 재발견하면서 그것에서 경험한 심상들을 낱낱의 구체로 보여주고 있다. 그렇게 밝은 눈을 가진 이들을 일러 프랑스 시인 랭보A. Rimbaud는 '견자見者,Voyant'라고 지칭했거니와, 이는 대상의 이면을 꿰뚫어 어떤 근원을 투시하는 존재를 에둘러 지칭한 것일 터이다. 구명숙의 시편은 이러한 견자로서의 모습을 보여주는 매우 뜻 깊은 실례가 아닐 수 없다.

서랍은 잠겨 있다

오늘
우리의 세상도
열지 못하는데
어찌 돌아가신 어른의 서랍을
열려 하는가

잠가둔 이 세상의 귀중한 보물들

비밀번호를 잊은 채 스스로 갇혀 있다
가슴 속에 잠겨 있는 비밀들처럼

열쇠를 찾아라

보물 말고
참사람 한 분을
꼭 만나보고 싶다

　　　　　　　　　　　　　　　　—「서랍」전문

'서랍'은 원래 책상 같은 가구에서 **빼었다** 끼울 수 있
는 뚜껑 없는 상자를 말한다. 우리는 보통 그 안에 귀중
한 편지며 만년필이며 어떤 비밀스러운 사물들을 넣어
두곤 한다. 특별히 돌아가신 분의 잠겨 있는 서랍을 여
는 것은 더욱 조심스러울 수밖에 없다. 시인은 "오늘/ 우
리의 세상도/ 열지 못하는데" 어떻게 돌아가신 어른의
서랍을 열려 하는가 하고 묻는다. 그렇게 "이 세상의 귀
중한 보물들"을 잠가둔 채, 비밀번호마저 잊은 채, 스스
로 갇혀 있는 그분의 서랍에는 "가슴 속에 잠겨 있는 비
밀들처럼" 남아 있어야 할 특권이 있는 것이다. 이때 시
인은 마음의 열쇠를 찾아 "참사람 한 분"을 만나보려는
마음을 토로하게 된다. 그분이야말로 서랍 속에 간직한
사적인 비밀을 넘어 시인으로 하여금 "가슴 속에 잠겨
있는 비밀"을 풀어 더욱 성숙한 지경地境으로 나아가게끔

해주는 상징적인 존재자가 아니겠는가. 이처럼 구명숙 시인은 참된 인간에 대한 한없는 열망과 그리움을 고백함으로써 "사람이 사람답게 사는 땅/ 그곳이 바로 천국"(「천국은 어디에」)이라는 생각을 우리에게 산뜻하게 건넨다. 구명숙만의 아름다운 비밀을 간직한 서랍 같은 작품이다. 다음 작품은 어떠한가.

구름에 가로막힌 하늘
가서 만날 수도
뛰어넘을 수도 없는
먼 곳

얼음 겨울 녹아 위대한
봄 되어도
경계선은 풀리지 않네

홀연 단풍 속으로
떠나가 버린 사람아
아지랑이 아른아른 삼수갑산
얼마나 더 헤쳐 나아가야
그대 만날 수 있으려나

그 이름 석 자 아직 잊지 못하는
내 슬픔아!

―「막막한 슬픔」 전문

시인은 떠나간 사람에 대한 슬픔을 토로한다. 누군가의 상실과 부재에 대한 절절한 그리움의 표현은 서정시의 가장 오래된 본래 권역일 터이다. 시인은 "구름에 가로막힌 하늘"이나 "얼음 겨울" 같은 물리적 장애물이 '그대'와 '나'를 가로막고 있음을 말하는데, 따라서 이제 '그대'는 만날 수도 없고 뛰어넘어갈 수도 없는 "먼 곳"에 있을 뿐이다. 낭만주의 미학에서 '먼 곳'이란 결국 갈 수 없는 미지와 열망의 심연이다. 그만큼 겨울이 지나 "위대한/ 봄"이 찾아와도 '먼 곳'으로 가는 경계선은 풀리지 않을 것이다. 다만 시인은 "저 먼 곳을 바라보는 나의 눈"(『노안』) 안에서만 '그대'를 간직할 수 있을 뿐이다. 단풍 속으로 떠나가 버린 그 사람은 "아지랑이 아른아른 삼수갑산"을 아무리 헤쳐 나아간다 해도 만날 수 없을 것이기 때문이다. 그 이름을 아직 잊지 못하는 슬픔 속에서만 '그대'는 역설적으로 불멸한다. 이 슬픔은 만남으로 해결되는 한시적 조건이 아니라, 인간의 삶에 본질적으로 주어진 비극적 그리움의 조건임을 시인은 노래하고 있는 것이다.

　이처럼 구명숙 시인은 참사람에 대한 한없는 갈망과 그대에 대한 깊은 그리움을 서정시의 근간으로 삼는다. 소멸해가는 시간 뒤에 숨어 있는 어김없는 생명의 에너지를 발견하여, 언어가 도저히 가닿을 수 없는 어둑한 실존을 투시하고 표현하는 견자로서의 일관된 특성을 보여준다. 불우하고 어두운 조건을 지탱하고 견디는 내

면을 통해 인간을 향한 그리움의 시적 존재론을 지속적으로 보여주고 있는 것이다. 그래서 우리는 구명숙의 이번 시집이 내면의 경험과 기억 속에 긴장과 균형으로 존재하는 사람들이 서로 갈등하고 화창和唱하는 풍경을 담을 것임을 예감하게 된다.

3. 불가능하고 불가피한 시쓰기의 운명

두루 알다시피 서정시는 선조적인 인과적 계기나 시간적 경과보다는 사물의 본질을 순간적으로 발견하고 표현하는 데 주력한다. 물론 이때의 '순간'이 일회적 시간성을 말하는 것은 결코 아니다. 오히려 그것은 이른바 '충만한 현재형'으로서의 순간을 말하는 것이다. 말하자면 서정시가 구현하는 '순간'이란, 과거와 현재와 미래를 하나로 통합해낸 현재형으로서의 강렬하고 집중된 시간 형식을 뜻한다. 그래서 우리가 경험하는 '시적 순간'은 존재의 오랜 시간이 반복되고 축적된 집중적 형식으로서의 순간이 된다. 구명숙 시인은 바로 그 순간의 형식을 통해 '충만한 현재형'으로서의 시를 써간다. 그가 생각하는 '시詩'에 대한 스스로의 고백이 여기 가로놓여 있다.

우주 무한
조화의 힘을 가지는 것

언어가
진리의 몸, 핏속으로 들어가
영혼의 빛을 불러내려 애쓰는 것
그래 봤자 불가능인 것

—「시 2」 전문

떠돌며 가득한 침묵

철망에 갇힌 짐승처럼
포효하며 가시 울타리를
뛰어넘고 싶다

시의 멍에를 풀어
바다를 출렁이게
하늘을 달려가고 싶다

웅크린 시들에게
나를 산산이 부숴
바치고 싶다

울고 웃고
숨쉬는 무엇인가가
되게 하고 싶다

—「시 4」 전문

'시'는 시인 스스로에게는 "언어로/ 속을 푸는 것"(「시
1」)이고, 궁극적으로는 "삶과 죽음도 한 편의 시"(「시 3」)
라는 명제로 수렴된다. 가장 사사로운 감정의 치유로부
터 삶과 죽음에 대한 형이상학적 전율까지 다루고 품고
또 노래하는 것이 '시'인 셈이다. 시인은 그 안에서 "우주
무한/ 조화의 힘"을 바라본다. "언어가/ 진리의 몸"임을
믿으면서 그 속으로 들어가 "영혼의 빛을 불러내려 애쓰
는" 모습이 바로 시인으로서의 천형임을 그는 잘 알고
있다. 물론 그러한 시도는 언제나 '불가능'을 알게 해준
다. 언어로 진리를 계시하는 것의 불가능성이 바로 구명
숙 시학의 존재론이자 인식론이 되는 것이다. 그러나 시
인은 그러한 한계에도 불구하고 자유를 향한 시의 기능
을 또한 열망한다. "떠돌며 가득한 침묵"으로 그 한계를
넘어서려는 것이다. 마치 "철망에 갇힌 짐승처럼/ 포효
하며 가시 울타리를/ 뛰어"넘어 "시의 멍에"를 풀어 바
다를 출렁이게 하고 하늘까지 닿아 "웅크린 시"에게 스
스로를 바치고 싶어 한다. 자신과 '시' 모두 "울고 웃고/
숨쉬는 무엇인가"가 되고자 하고, "문밖에서/ 실눈으로
세상을 꿰뚫어보고"(「거미줄 세상 2」) 있는 '시'의 시선으
로 세상을 보고자 하는 것이다. 이때도 구명숙 시인은
'견자'로서의 속성을 스스럼없이 띠게 된다.

　　젊은 시인의 부음을 듣고
　　느닷없고 어이없어

108

그게 말이 되냐고
이제 시를 못 써서 어쩌느냐고
울었다

장례식장 둘레엔 크고 작은 꽃다발
발 디딜 틈 없고
고요한 눈빛 다정하던 그 마음
참 좋은 삶이었다고
웃고 있었다

세상을 곱게 수놓던 그대
하늘 별들과 함께
이제 무슨 시를 쓰시려는가
　　　　　—「시인 없는 시 - 故 김유선 시인에게」 전문

　한 시인의 느닷없는 부음을 듣고 시인은 "이제 시를
못 써서 어쩌느냐고" 운다. 구명숙 시인은 고인故人의 "고
요한 눈빛 다정하던 그 마음/ 참 좋은 삶"을 '시인'의 삶
으로 추억한다. 영정 속의 환한 웃음을 따라 "세상을 곱
게 수놓던" 그분의 시간과 앞으로 그분이 "하늘 별들과
함께" 새롭게 써갈 시를 생각해본다. 시인 또한 고인의
부재를 절감하면서 "글썽이는 음성에/ 온 힘을 모아"(「뭉
클 2」) 자신의 시를 써갈 것이다. 이렇게 구명숙 시인은
시적인 순간을 자신의 경험과 매개하면서 '시'를 사유하
고 펼쳐간다. 그의 시는 일상을 규율하고 관장하는 합리

적 운동 형식이 아니라, 마치 고고학자의 손길처럼, 현재형 안에 남아 있는 오랜 흔적을 탐사하여 그때의 순간을 구성해내는 강렬한 힘을 지닌다. 그래서 '시'는 그에게 자기동일성의 감각에 의해 발원되고 구축되는 어떤 생성적 구조물이 되어준다. '시인 구명숙'의 존재방식 또한 이러한 불가능하고 불가피한 시쓰기의 운명에 의해 지속되어갈 것이다. 무한한 우주와 언어의 불가피한 한계를 동시에 생각하는 구명숙 시인의 글썽이는 목소리가 그 안에 가득 출렁이고 있는 것이다.

4. 존재론적 위의威儀에 대한 고전적 열망

구명숙의 시는 서정시가 시인 자신의 실존적 고투를 내용으로 삼는 고백 양식임을 새롭게 보여준다. 거기에는 한 시대의 주류적 힘과 대항하면서 개성적 사유와 감각을 통해 새로운 상상적 질서를 구축하려는 시인 자신의 깊은 열망이 담겨 있다. 이러한 열망은 우리 역사에 대한 준열한 관심과 생각을 그에게 가져다주기도 한다. 말하자면 이때의 상상적 질서란 구체적인 역사 해석을 통해 잃어버린 어떤 존재론적 위의威儀를 다시 세워보려는 고전적 열망과 깊이 닿아 있는 어떤 것이다. 아닌 게아니라 그는 우리의 역사적, 정신적 흔적들을 따라 일종의 '집단기억'을 그만의 개성적 필법으로 아름답고 섬세하게 펼쳐 보여준다. 그것은 흔하게 만나보는 유랑 의식의 상관물도 아니고, 순수한 실증적 대상도 아니고, 시인 자신의 사유와 감각의 기원origin을 암시하는 상징적 의미를 띤다고 할 수 있을 것이다.

아, 골목마다 새봄을 풀어 놓네

조선 땅 모퉁이마다에서
찔레꽃들 서로 온몸으로 껴안고
그렇게 겨울을 버티어냈지

오직 한 줌 흙을 끌어안고
온갖 목마름을 견디어냈지

기미년 삼월 일일 정오

찔레꽃 뜨거운 목숨들
방방곡곡 하얀 불꽃 되어
100년을 지켜왔네

아 자유 대한, 조국이여

　　　　　　　　　　　　　　—「20190301」 전문

올해는 3·1운동과 대한민국임시정부수립 100주년으로 여러 차원에서 그 역동적인 역사를 기리고 기념하는

행사를 가진 바 있다. 구명숙 시인은 제목에서 환기하
듯, 비폭력의 만세운동을 재현하면서 그분들이 풀어놓
은 골목마다의 '새봄'을 상상해본다. "조선 땅 모퉁이마
다에서" 일어난 그 선하고도 신성한 움직임은 "찔레꽃들
서로 온몸으로 껴안고" 겨울을 버텨내고 "오직 한 줌 흙
을 끌어안고" 목마름을 견뎌낸 사건이기도 하다. 그렇게
"기미년 삼월 일일 정오"에 터져 나온 "찔레꽃 뜨거운 목
숨들"은 방방곡곡에서 "하얀 불꽃"이 되어 이 나라 역사
를 백 년 동안 지켜온 것이다. "자유 대한, 조국"을 벅차
게 회억回憶하는 '20190301'의 시공간이 뜨겁고 또 성스
럽다. 그 나라를 시인은 지금도 "엄마 아빠가 함께 정성
으로/ 아이들을 기르는/ 평화로운 나라"(「좋은 나라」)로
상상해보는 것이다. 이처럼 구명숙 시인은 역사의 한순
간에서 자신의 실존적 자의식을 떠올려보기도 하고, 자
신의 존재론적 기원을 이루는 집단기억을 적극 탐색해
가기도 한다. 이렇듯 그에게 역사적 사건이란 오래고도
신성한 시간을 탈환하는 상징적 거소居所가 되고 있는 것
이다.

구순 넘은 할아버지
흑백 사진첩에서 꺼내보는 사진
스물두 살 때

강원도 양구에서 받아본

112

고사리손 꼭꼭 눌러쓴
삐뚤빼뚤 위문편지

전쟁은 언제 멈추려나?
나 죽기 전엔
남·북녘 땅에 평화의 꽃들
만발하려나

—「종전선언」 전문

  일제강점기의 뜨거운 사건을 지나 이번에는 해방 후 찾아온 분단의 냉혹한 현실로 돌아온다. 언제나 흑백 사진첩에서 사진을 꺼내보는 구순의 할아버지는 "스물두 살 때"의 기억에 한동안 머물러 있다. "강원도 양구에서 받아본/ 고사리손 꼭꼭 눌러쓴/ 삐뚤빼뚤 위문편지" 또한 그분을 그 시절에 붙잡아두고 있다. 아직 끝나지 않은 전쟁은 그분의 삶과 기억을 이렇게 느리게 흐르게 한 것이다. 노인은 전쟁이 언제든 끝나 죽기 전에 평화의 꽃들이 만발하기를 가녀리게 희원해본다. 이른바 '종전선언'을 통해 노인의 꿈이 현실화하기를 시인도 무의식 속에서 응원하고 있다. "척추 한 줄만 남기고/ 바람 되어 날아가버린"(「몰입 속에서」) 세월 속에서 항구적인 기정사실로 굳어져버린 분단체제가 시인의 상상력을 통해 허물어지기를 우리 또한 소망해본다.

  우리가 잘 알 듯이, 역사를 잊어버리고 앞으로만 나아

가려는 속도 지향성은 우리 삶의 폭력적 에토스ethos가 되어버린 지 오래되었다. 시인은 오랜 물리적 시간을 천천히 거슬러 올라, 그러한 속도 지향성의 반대편에서 서서히 흘러온 역사를 탐구해간다. 그럼으로써 기억의 주변으로 밀려난 순간들을 탈환하고, 그 반대편에 낮은 목소리로 발화하는 역상逆像을 소중하게 회복시켜준다. 시간의 예리한 칼날이 오랜 무의식을 일깨우듯이, 우리가 망각하고 살았던 역사의 기품을 날카롭게 경험하게끔 해준 것이다. 그렇게 역사는 시인의 양도할 수 없는 시적 수원水源이 되고, 우리는 그의 사유와 감각을 통해 "역사는 가고 다시 돌아오는 것"(「꽃밭, 아미타불」)임을 경험하게 된다. 그리고 그 세계는 우리의 존재론적 위의에 대한 고전적 열망을 띠는 세계로 지금도 다가오고 있는 것이다.

5. 삶의 지혜와 원숙한 통찰

이렇게 '사람'과 '시'와 '역사'를 건너온 구명숙 시인은 이제 좀 더 정신적인 고처高處를 향해 나아간다. 이때 서정시는 스스로 깨달아가는 삶의 지혜랄까 원숙한 통찰이랄까 하는 것을 지향하고 선취한다. 이러한 자가自家 충격과 치유의 시학은 구명숙 시의 궁극이 담겨 있는 범주라고 할 수 있을 것이다. 물론 그 대상이 공적 범주에

포괄됨으로써 사회적 확장을 가져오는 경우도 있겠지만, 그때조차 서정시는 궁극적인 자기 충격 가능성을 포기하지 않는다. 물론 여기서 말하는 자기 충격 과정이 사사로운 개인으로의 퇴행을 뜻하는 것이 아님은 췌언의 여지가 없다. 서정시는 가장 사적인 이야기를 할 때에도 그 안에 타자를 지향하는 어떤 보편성을 내포하기 때문이다. 결국 서정시는 사물이나 현상을 향해 한껏 나아갔다가 다시 구체적 개인으로 귀환하는 속성을 견지함으로써, 그리고 오랜 시간을 거쳐 다시 시인 스스로에게 돌아오는 과정을 포괄함으로써, 시간예술로서의 항구적 본령을 지켜가기 때문이다. 우리는 구명숙의 이번 시집이 이러한 시간예술로서의 요체가 만져지는 절편들로 구성되어 있다고 말할 수 있을 것이다. 그렇게 그의 시에 등장하는 사람이나 사물은 비교적 역사적 구체성보다는 존재론적 원형성을 강하게 띠고 있고, 그는 어떤 구심적 주제나 원리에 의해 시세계를 구성하기보다는 그때그때의 순간적 기억을 남다른 진정성으로 언표해간다. 다음 작품들은 실감 있는 시간의 흐름을 응시하는 데서 발원하여, 사물의 존재 형식에 대한 섬세한 형상화로 나아간 결실들일 것이다.

온몸 열꽃 돋아
금정산 붉게 탄다

있고 없음
삶과 죽음
선과 악
위아래
그 모두 불명하다

세상 비틀려도 얼기설기 얽혀 사는
뜰 앞 등나무
마른 줄기를 보아라
올가을,
저 불이不二문을 넘어설지

— 「범어사 등나무」 전문

부산 범어사 등나무 군락지에서 시인은 "있고 없음/ 삶과 죽음/ 선과 악/ 위아래"의 질서를 새롭게 생각해본다. 금정산을 붉게 태우는 등나무들의 온몸 열꽃을 통해 불명不明하기만 한 세상의 이항대립적 구획을 반성적으로 사유해보는 것이다. 시인은 등나무들의 마른 줄기를 통해 세상 비틀려도 얼기설기 얽혀 사는 지혜를 감득한다. 나아가 가을을 불태우는 "저 불이문"을 넘어설 자신을 상상한다. '불이문不二門'은 시인이 가닿으려는 지혜의 상징적 지점인데, 여기서 '불이不二'란 부처와 중생이 둘이 아니요 선악善惡이나 유무有無 등의 개념도 반대편에서 있는 것이 아니라는 뜻이다. 성聖과 속俗조차 둘이 아니라는 의미에서 시인은 그 '불이문'을 넘어 새로운 통합적 사유에 이르고자 하는 것이다. 그러니 누군가가 "잡을 수 없는/ 보이지도 않는 그리움"(『어느 화가의 늦가을』)을 바라보고 있을 수도 있고, "굴러온 돌이/ 모난 돌을/ 둥그렇게 어루만진"(『굴러온 돌』) 반어적 장면도 가능하지 않겠는가. 이처럼 구명숙 시인은 서정시를 통해 인간이 인위적으로 정해놓은 경계나 표지標識들이 지워졌을 때의 자유로움을 그리고 있고, 그 자유로움이 바로 우리로 하여금 세상에서 잃어버린 통합적 속성과 원리를 탈환하게끔 유도하게 되는 것이다.

> 시냇물 졸졸
> 송사리 떼 남실남실
>
> 학교 울타리
> 노란 개나리
>
> 앞집 마당
> 하얀 목련
>
> 뒷산 진달래
> 핀다 핀다 핀다
>
> —「버들개지 눈떴다」전문

> 목화솜 틀어 두툼히 꿰맨 이불
> 시집 올 때 지어주신 어머니 선물

차디찬 인생살이
데워주고 덮어주는 꽃이불

목화 꽃 피던 고향 땅 향기
송이송이 함께 피어나는 동무들 얼굴
추억 속 언제나 따스한 친구여라

오리털 이불이 가볍고 보드랍다지만
내 한평생을 감싸 준 묵직한 솜이불

또 하나의 내 모국어

— 「목화꽃」 전문

'버들개지'와 '목화꽃'을 대상으로 한 이 작품들은 시인의 자유로운 사물 이해와 그것의 삶으로의 수렴 가능성을 선연하게 보여준다. 시냇물 흐르고 송사리떼 남실거리는 학교 울타리에 노란 개나리가 피고, 앞집 마당에는 하얀 목련이 피고, 뒷산에는 진달래가 필 때, '버들개지'는 비로소 피어난다. 시인은 그 과정을 "핀다 핀다 핀다"라는 소리의 연쇄로 풀어 보임으로써, 마치 춘서春序의 흐름처럼 사물의 이치를 배열하고 있다. 그런가 하면 '목화'는 시인의 인생론적 기억을 불러일으킨다. "목화솜 틀어 두툼히 꿰맨 이불"은 시집 올 때 지어주신 어머니의 선물이어서 "차디찬 인생살이"를 데워주고 덮어주는 꽃이불이었다. 그렇게 목화꽃 피던 고향 땅 향기는 그리움을 동반한 채 "송이송이 함께 피어나는 동무들 얼굴"을 추억 속으로 가져다준다. 그네들은 언제나 "봄볕에 무럭무럭 싱그러운 아이들"(『봄날』)로 남아 있을 것이다. 그러한 따스함의 파생과 지속이 '목화꽃'이라는 심상 안에 흐르고 있다. "내 한평생을 감싸 준 묵직한 솜이불"은, 마치 '시'처럼, "또 하나의 내 모국어"가 되는 것이다. 이는 "불다리미로 모시옷을 다스리시던 어머니"(『조선의 날개』)의 깨끗한 영상과 함께 찾아오는 귀한 기억이 아닐 수 없다.

결국 구명숙 시인은 이러한 삶의 지혜와 원숙한 통찰을 통해 시간 경험에 대한 깊이 있는 탐구에 매진해간다. 그것이 커다란 내러티브의 차원이든, 지난 시간을 구체적으로 재현하는 차원이든, 시간의 흐름 자체를 탐구하는 차원이든, 시인은 시간에 대한 남다른 해석을 통해 자신만의 시적 구상을 완성해가고 있다. 물론 이러한 열망에는 직선적이고 분절적인 근대적 시간관觀에 대한 반성이 녹아 있을 것이고, 그야말로 불이不二의 지혜가 담겨 있을 것이다. 그만큼 그의 시는 철저하게 이러한 시간 경험을 해석하고 수용하는 과정에서 발원하고 있으며, 삶에 대한 궁극적 긍정과 추인의 비밀을 품고 있는 세계이다. 그 안에는 사람살이의 구체에서 써가는 시간예술로서의 서정시의 문양이 아름답게 펼쳐져 있다. 이 모든 삶의 지혜와 원숙한 통찰이 구명숙 시의 축적의 결실이자 지금 다시 그가 새롭게 개척해갈 역설적 미래

이기도 할 것이다.

6. 이역異域과 추억의 변방에서 부르는 노래

지금까지 천천히 읽어온 것처럼, 구명숙의 시는 타자들을 향해 커다란 원심력을 보이다가 궁극적으로는 스스로의 자의식으로 귀환해오는 과정을 차근차근 밟아간다. 시인은 자신의 삶과 그 주변에 엄청난 무게로 주어졌던 비극적 흔적을 언어로 탐사하면서, 그 흔적이야말로 자신의 실존과 중첩되기도 하고 그동안 지켜보아온 사람들의 삶에 새겨져 있기도 하다는 사실을 깨달아간다. 그것이 자신의 이야기든 다른 이들의 이야기든, 시인은 강한 애착을 가지고 그러한 이야기의 뿌리를 찾아나선다. 이때 그의 시쓰기는 자신이 힘겹게 통과해온 시간 안에서 오래고 애잔한 기억을 재현해내는 데서 발원하게 되는데, 가령 그 결과는 이역異域을 여행하면서 얻게 된 사유의 극점으로 나타나기도 하고, 지나간 시절을 추억하는 순간에 찾아오기도 한다. 이때 그가 수행하는 기억은 시간의 물리적 한계를 역류하면서 인간의 자기 동일성에 대한 스스로의 생각을 부단히 변형해간다.

하늘, 바람, 구름이 모여
뒤엉킨 포도 넝쿨을 달래고 어른다

광활한 포도밭 사이사이 비바람을
햇볕으로 밝히는 섭리

취하고 마시고
마시고 취하는
자연과 인간의 아름다운 조화

—「케이프타운 포도밭」 전문

늙은 플라타너스 쭉쭉
길가에 버티고 서서
관광객들을 내려다본다

시청 건물 맨 꼭대기
옛 병정들 채찍을 갈기며
솟구쳐 내달릴 듯 서슬 퍼렇다

그 시대
그 엄청난 말발굽 소리
오늘도
그 영광 휩쓸며
하늘을 달릴 듯이

—「로마」 전문

한 작품은 남아프리카 케이프타운의 포도밭에서 썼고,

다른 한 작품은 고대의 심장 로마에서 상想을 얻었다. 시인은 "하늘, 바람, 구름이 모여/ 뒤엉킨 포도 넝쿨"에서 "광활한 포도밭 사이사이 비바람을/ 햇볕으로 밝히는 섭리"를 만난다. 그 위대하고 스케일 큰 섭리providence는 "취하고 마시고/ 마시고 취하는/ 자연과 인간의 아름다운 조화"를 완성해내지 않는가. 시인으로서는 '포도주'라는 심상을 통해 자연과 인간이 하나가 되는 순간을 발견한 것이다. 그런가 하면 이탈리아 로마에서 시인은 "시청 건물 맨 꼭대기"에 서 있는 병정들이 그 옛날처럼 채찍을 갈기며 솟구쳐 내달릴듯한 서슬 퍼런 순간을 느낀다. "그 시대/ 그 엄청난 말발굽 소리"는 지금도 사라지지 않고 "그 영광 휩쓸며/ 하늘을 달릴 듯이" 남아 있는 것이다. 로마 제국의 위용과 그것의 속절없는 쇠락이 한꺼번에 역사의 순간으로 다가오고 있다.

   1
오뎅 국물 맛이 시원한 가게 앞을 지나갈 때면
최루가스 진동하던 그 눈물거리가 떠오른다

분식집 통만두를 좋아하던 시절
옆구리에 책을 끼고
덜컹덜컹 흔들리는 버스 안에서
간신히 몸을 버텨내던 자유!

2
사랑은 점점 흐려져 가고
등굣길부터 꼬이기 일쑤였다

닫힌 교문을 가로막고
"돌아가라! 돌아가!"
고함치던 교수님의 목멘 소리
빈 허공을 휘젓던 학문의 의미들

이제 조금은 셀 수 있을 것 같다

시간은 멀리 달아나 흔적도 없는데
—「70년대 학창시절」전문

이번에는 시간을 역류하여 70년대 대학 캠퍼스로 간다. 그때 시인에게는 한편으로 "최루가스 진동하던 그 눈물거리"로 상징되는 신산한 시국時局이 있었고, 한편으로 "분식집 통만두를 좋아하던" 낭만적인 청춘이 있었다. 물론 그 시대는 이제 흘러가고 없다. 그러나 "간신히 몸을 버텨내던 자유!"는 지금도 시인을 시인이게끔 하는 존재론적 원형이 되어준다. 시간의 흐름에 따라 사랑도 흐려져 가고 "빈 허공을 휘젓던 학문의 의미들"도 깨져 버렸지만, 시인은 이 모든 흐름에도 불구하고 이제 조금은 그 의미를 헤아릴 수 있노라고 고백한다. 70년대 학창시절을 떠올리면서 시간이 가르쳐주는 어떤 아득하고 아늑한 진실에 도달한 것이다. 그렇게 구명숙의 시는 한 편으로는 이역 땅에서 한편으로는 지난 추억의 변방에서 "귀한 시간을 힘차게 끌면서"(「12월 끝날」) 여기까지 다 다르고 있다.

7. 따뜻한 성정과 깊은 자의식의 시

시간의 흐름에 의해 완성된다는 측면에서 시간예술로서의 서정시의 속성은 더없이 분명해 보인다. 그것은 서정시가 시간 자체를 대상으로 하는 예술이라는 뜻에서도 정당한 규정일 것이다. 서정시를 삶의 순간적 파악에 토대를 둔 언어예술로 정의한다고 해도 맥락은 마찬가지다. 우리는 시간의 복합적 얽힘을 통해 서정시라는 언어예술이 인간의 이성과 그것으로는 포착하기 어려운 순간의 섬광을 동시에 표현하는 것임을 알아가게 되니까 말이다. 이렇게 순간의 원리에 의해 씌어지는 서정시는 더욱 '결정적 순간'의 발화를 존중하면서 시인 특유의 기억의 현상학을 구성해간다. 그 순간성의 신비에 동참하면서 우리도 특권을 부여받은 순간의 환각에 빠진다.

구명숙의 시는 자기 탐닉의 나르시시즘으로 기울지 않고, 탄탄한 지성적 절제를 통해 사물의 속성과 자신이 지나온 시간을 응시하는 균형을 매우 심미적인 형상으로 보여준다. 그의 시는 다양하게 산포된 자신만의 내면을 펼쳐내면서, 그 안에 '시란 무엇인가?'라는 메타적 질문을 깊이 산입하고 있다. 시인은 다양한 음색과 음감音感을 통해 그러한 과제에 골똘하게 응답해가면서, 비교적 단형으로 씌어진 시편들을 통해 따뜻한 성정과 깊은 자의식과 타자 지향의 상상력을 지극하게 들려준다.

　이처럼 심미적 사유와 감각의 세계를 완결한 이번 시집의 성취를 넘어, 구명숙 시인은 또 다른 넓은 세계로 한 걸음 더 나아갈 것이다. 그래서 우리는 그의 일곱 번째 시집이 거둔 이러한 생명 사랑과 인간 탐구의 시적 존재론에 대한 반향을 마음 깊이 고대하면서, 구명숙 시인이 펼쳐갈 다음 세계의 심미적 진경進境을 스스럼없이 소망해보게 되는 것이다.